Neue Bühne 30

ドイツ現代戯曲選⑥
Neue Bühne

Frauen. Krieg. Lustspiel

Thomas Brasch

Ronsosha

女たち。戦争。悦楽の劇

トーマス・ブラッシュ

四ツ谷亮子［訳］

ドイツ現代戯曲選30

Neue Bühne 6

論創社

編集委員◉池田信雄／谷川道子／寺尾格／初見基／平田栄一朗

This translation was sponsored by Goethe-Institut.

GOETHE-INSTITUT

「ドイツ現代戯曲選 30」の刊行はゲーテ・インスティトゥートの助成を受けています。

Photo on board: (photo ©Superstock/pps)

Krieg. Lustspiel ¶ Igor Bauersima norway.today ¶ Fritz Kater zeit zu lieben zeit zu sterben ¶ Elfriede Jelinek Macht nichts ¶ Peter Handke Die Stunde, da wir nichts voneinander wußten ¶ Ei
okke Die Alphabeten ¶ Franz Xaver Kroetz Der Drang ¶ John von Düffel Balkonszenen ¶ Heiner Müller Der Auftrag ¶ Herbert Achternbusch Der Stiefel und sein Socken ¶ Volker Braun Iph
oldberg-Variationen ¶ Dea Loher Tätowierung ¶ Thomas Bernhard Heldenplatz ¶ Elfriede Jelinek Raststätte oder Sie machens alle ¶ Rainer Werner Fassbinder Der Müll, die Stadt und der T

女たち。戦争。悦楽の劇

目次

Frauen. Krieg. Lustspiel

女たち。戦争。悦楽の劇

登場人物

ローザを演じる女優
クララを演じる女優
パンダロス★1
プロンプター

黒人1
黒人2
黒人3
黒人4
黒人5

1 演技の時間

ローザを演じる女優とクララを演じる女優は背丈ほどの駒を使ってチェスの対局をしている。

クララを演じる女優　こうするとこうなってそうはいかない
うまくいくと思ったとたんにダメになる
笑っちゃうわ

ローザを演じる女優　それならこうするわ　あたしのルーク《飛車》よ
ルークがあればどこへだってひとっ飛び
ハイおしまい

クララを演じる女優　まんまと
こっちの計略に
引っかかってしまうのは誰かしら
そうはいかないか　アンタはもう
次の手を考えているはずだもの　次の手を　ナイト《桂馬》を動かしてみたら
どう

ローザを演じる女優　さっさとあたしの駒から手をどけてよ
ナイトはそのまま　わかったの
ナイトはそのままだと言ってるの　クララ　そしたら
このビショップはいただき　あたしが王手と言ったら
王手なの　なんか言うことある

クララを演じる女優　ああ、王手だって言うなら、そぉね、
王手なんでしょ　きっと

それなら　それならポーン《歩》も侮れず　と
ポーンを夜のような漆黒のマス目に置いてやるわ
ポーンをキングの前に　と　もう顔色が変わったわね
どうするどうする　何とか言ってみなさいよ

ローザを演じる女優

文句はないけど　ほら　こうしてやろうか
このビショップを　ほら
退場よ　どう
あたしのナイトから一歩下がって　ザッ
もう一度　王手よ

クララを演じる女優

ナイト　ナイトを使おう　かわいいナイト
ポーンはあたしのキングに指一本触れられないの
ただ立ってるだけだもの　それとも前進かしら
前進もできない　クィーンがそこに

しゃなりしゃなりと控えているから　キングは動かなきゃ
で　どうやって　一度引き返せば
ここに隅がまだ一つある　セーフ

ローザを演じる女優　ヒヒーンとあたしのナイトがいないいて
アンタのポーンに襲いかかる　ポーンは犯されるわ
野性には逆らえない　また一人アンタのキングはポーンを失った

クララを演じる女優　ボンクラなポーン
どうってことないわよ　このときを待ってたんだ
ルークのおでましだもの
ルークが逃げ出したら　素敵な時間の始まりだ
地下室に横たわるアンタのキングが目に浮かぶわ

ローザを演じる女優　悪くないわね　闇は広がる

この　敵意に満ちた局面で
あたしのキングはそう言い放って　丸腰で立つのよ
能天気なポーンたちが行く手に立ちはだかっている
あたしは奴らを迂闊にも放っておいたんだ
絶えず動いていなければ　ねぇ
ポーンの意味がない　でも戦争は戦争
屍に囲まれ　立ちつくし
どんな仕事もやり遂げなければならないのだと
キングは　たしかな戦慄をおぼえて
ナイトのところまで這い戻る
止まれ　撤退　撤退だ　そうはいかないと

クララを演じる女優

ルールはルール
キングが誰かに触ったら　そいつは引き抜かれるの
ここにいたキングは　またそっちへ向かっていく

ローザを演じる女優　手をどけなさいよ　同じことを三度は言わないわ　さあ
キングはまた元の位置に　アンタにも言い分はあるだろうけど
二度考える余裕はないのよ
白紙に戻せると思うから
人は失敗する
あたしはちょっと触っただけよ

クララを演じる女優　もうたくさん
人生も同じこと
今度はあたしの番で　ひらりと
クィーンをアンタの後背地へ着地させるの

ローザを演じる女優　ハハハ　気がつかないとでも思ったの
すべては起こるはずのなかった過ちのおかげ

例外は一つだってありえない
そう思えるのがアンタの強みだったんじゃないの　チェッ
どこへコマを進めたらいいのか教えてよ
ここもそこもだめ　それなら爆弾を投下か
すべての選択肢にサヨナラよ

駒を全部投げすてる

クララを演じる女優　そうするんじゃないかと思ってたわ

ローザを演じる女優　何だ　わかってたの

クララを演じる女優　（歌う）

元気をだして、ゾフィー、そんなに泣くんじゃない、

目つきが悪くなって　皺だらけになるわよ
涙は何の役にも立たないの。
元気をだして、ゾフィー、どんなにつらくても、
恋人ははるか彼方、でも英雄として戦っているの、
主は英雄をお護りくださるわ。★2

ローザを演じる女優　アンタ歌ってるの

クララを演じる女優　何だ　聞こえてたんだ

ローザを演じる女優　誰に教えてもらった歌

クララを演じる女優　黒のキングよ　そこに転がってる

ローザを演じる女優　この人には木の駒が歌うのが聞こえるのよ

黒のキングがいるから
アンタはポーンとは一回もヤらなかった
半年経てば
黒いのも白いのもいなくなってしまう

クララを演じる女優

アンタのキングは戦争に行ってしまった
そう　しょっちゅうヘタなセックスの相手になってやるのは
アンタのシュミじゃなかったわね
「クィーンは
キングだけを自分の中へ導くの」、か。

ローザを演じる女優

というのも……一週間前に私はキングから手紙をもらったからです、名前はヨハネス、戦地に赴く前は、私たちの勤め先のクリーニング屋で仕上がり品を配達していた人です。洗濯なんか放っておいて自分のところへ来いと、彼は手紙に書いてよこしました、私に二度と会えないのが怖かったのです、この戦争は塹壕にいる自分を殺してしまうだろうとも書いていました。一人旅は気が引けたので、クリーニング屋で働いている友人のクララに、前線まで付き添ってほしいと頼みました。私たち二人はいま到着したところです。ずいぶん捜して許婚のヨハネスを見つけました、彼は不安で塹壕から逃げられずにいました。「こんにちは、ヨハネス」、私は言います。

クララを演じる女優　私は何も言わない。

ローザを演じる女優　私は……手紙をくれたでしょ、だから来たの。アンタのことが好きだった、友だちのクララも一緒よ、でもクララはアンタの心を射止められなかった、アンタはあたしのほうに恋したから。ここへ来るまで丸々三日、あたしたちは寝てないの。そうよね、クララ。

クララを演じる女優　そしてクララは言う、「そうよ、ローザ」。

ローザを演じる女優　とうとうアンタを見つけた、なのに何も言わない。怒ってるの。

クララを演じる女優　私は答えない。

ローザを演じる女優　もう愛してないの。

クララを演じる女優　私は答えない。

ローザを演じる女優　あたしはアンタに身をあずけて泣き始める、あたしが誰かを知ろうともしないから、それにアンタは虚ろな目で空を見ている。どうしたらいいの、ヨハネス、長い道のりをやってきたあたしのことをわかってもらうには。

クララを演じる女優　私は虚ろな目で空を見つめている。

ローザを演じる女優　どうしてなの？

クララを演じる女優　私は死んでいるからだ。

ローザを演じる女優　あたしは長いこと泣いていた、近くで銃撃の爆音がしていたけれど、不安は感じられない。

クララを演じる女優　そして友人のクララは言う、「彼の指から指輪をとって。アンタの名前が刻まれている。終わったら行きましょう」、と。

ローザを演じる女優　どこへ、とあたしは尋ねる。

クララを演じる女優　家へ、とクララは答える。

ローザを演じる女優　家には帰りたくない、とあたし、ローザは言う。あたしはヨハネスの指から指輪を抜き取ってしまう。前線から離れたどこかへ行って眠ろうと、納屋を探す、二人ともくたくただったから。

クララを演じる女優　さあ、クララが言う、行きましょう。そして行くことになったのだけれど、一時間後には森で強奪者を追う警備兵に遭遇する。警備兵はあたしの腕を摑んで言う。

ローザを演じる女優　何者だ、前線のこちら側で何をしている。身分証明書を見せなさい。

クララを演じる女優　彼女の名はローザ・ガーブラ。私は友人のクララです。私たちは彼女の夫ヨハネスを捜していました、戦地へ赴く前に彼はローザと結婚したのです、しかし彼は戦死してしまいました。いま私たちはぐっすりと眠れる納屋を探して後背地に向かっています、ここまで三日三晩かかったんですから。

ローザを演じる女優　私は徘徊者がいかなる者でも連行せよとの指令を受けている、屍体を身ぐるみ剝ぎ悪さをして儲けようという輩がうろうろしているからだ。手に持っている指輪は本当に自分のもので、宿営地で売り払おうと屍体から強奪したものなどではないと、言い張る者もいるからだ。

クララを演じる女優　指輪には彼女の名が刻まれています。婚約したときに、ヨハネスが彼女に贈ったのです。出征の折、彼女は指輪を彼に渡して、自分の名前を身につけていてほしいと願いました。二人はコルベさんのクリーニング屋で一緒に働いていました。

ローザを演じる女優　私と来て、すべてを証言してくれる友だちのクララも、そこの仲間です。そうよね、クララ。

クララを演じる女優　でたらめか真実か、二つに一つだろう。私は部外者だが、とにかく寝床を確保できる野戦病院にあなたがた二人を連れていき、そのあとで力を貸してもらうことにしよう、川を血が朱に染めるこのご時世だ、何が役に立つかわからないからな。

ローザを演じる女優　でも私、看護婦の経験はありません。それははっきりさせておかないと。どう、クララ。

クララを演じる女優　求められるなら行きましょうよ、ローザ、とクララは言う。

ローザを演じる女優　それなら来なさい、と警備兵はクララに言う。

クララを演じる女優　なぜですか、とクララは尋ねる。

ローザを演じる女優　説明する義務はない。この人は取り調べを受けて、あとから野戦病院のあなたのもとへやってくる。

クララを演じる女優　じゃぁね、ローザ。

ローザを演じる女優　じゃぁね、クララ。

クララを演じる女優　体じゅうくまなく調べるぞ。申告のあった指輪以外に所持品があるかどうかが重要なんだ。始めようか。あれはあなたの車か。

ローザを演じる女優　あれは私たちのキングの車です。

クララを演じる女優　クリーニング屋の車だろう、ローザ。覚えていないのか。洗濯物を洗って仕上げを済ますと、一緒に配達したじゃないか。コルベさんの車の中で俺たちは二人っきりだった。

ローザを演じる女優　ヨハネス。愛しい人。生きてたの。

クララを演じる女優　そうとも言えるな。あの頃はよかった。あの頃はどうやってたかな。

ローザを演じる女優　洗濯物をかきわけてこうやってアンタはあたしの体を横たえた。違うわ、こうよ。洗いたての衣類のいい匂いが立ち込めていた、アンタもいい匂いがした、往来のど真ん中、コルベさんの車の中、覗き込まれるんじゃないかと、あたしはハラハラした。

クララを演じる女優　でも誰にも見つからなかった、ローザ。おまえは処女なのか。

ローザを演じる女優　調べてみたら。

クララを演じる女優　ヤるか。

ローザを演じる女優　ヤろう。アンタがまた眠りにつくまで。ほら、こう。こう？

クララを演じる女優　そう。

ローザを演じる女優　ああ

クララを演じる女優　ああ

ローザを演じる女優　ああ、ああっ

クララを演じる女優　トゥヴァハトマン通りの配達がまだ残ってる。

ローザを演じる女優　全部仕上げをして芝生の上に吊るしたわ。アンタは見てただけ。

クララを演じる女優　女は疲れる。

ローザを演じる女優　寝ているの。

クララを演じる女優　死んでいるのは飽きたわ。クリーニング屋の、塹壕の中の、指輪を盗られたヨハネス役なんてもうたくさん。

ローザを演じる女優　また訳のわからないことを言ってる、クララ。野戦病院に着いてから、何かがアンタを昂ぶらせているみたい。それが戦争なのか、アンタの気質のなせる業なのか、ずっと考えているわ。

クララを演じる女優　昂ぶっているのはアンタよ、ローザ。戦争はアンタの慰安旅行。ああ、こっちもあっちもいい、って。茂みの向こうに知らない男のいない日はなかった。将校たちのカジノの脇。いつだってアンタは姿を消してしまう。茂み　カジノ。向こう側。あたし或いはヨハネスが死んで二時間も経たないうちに、もう足を広げていた。しかも今度はホールからこの部屋に　八つ裂きにされた男を引きずってくるとはね。男の中のわずかな精は、アンタの股の間で搾りだされた。

ローザを演じる女優　何がわかるの。大きな戦の最中のささやかな宴よ。

クララを演じる女優　自分だけで盛り上がって、大きな口をたたかないで、負傷者の天使気取り。クリーニング屋にいたときも、アンタが満足することはなかった。二時間おきにアンタはトイレに行ってた。アンタが何をしてたか、知らないとでも思ってるの。鍵穴から覗いてみてたのよ、窓の下の真鍮の玉をもぎとって、それをスカートで隠してアソコに入れたり出したりしてた。

ローザを演じる女優　感じ悪いのね、クララ。言いたいのはそれだけよ。

クララを演じる女優　この車に乗りなさい。戦地の売春宿へあなたを連行するよう命じられている。性病の蔓延は戦力を壊滅させる。注射を数本打てば、すっかり体はよくなり、あらゆるニーズに応えられるようになる。

ローザを演じる女優　私、上流階級の娘ですよ。

クララを演じる女優　なに。

ローザを演じる女優　誰かが通報したのでなければ、どうやって私のところへやってきたのです。

クララを演じる女優　クララ・カマトトとかいう女が、あなたのことを通報した。彼女のことをよく知っているのか。

ローザを演じる女優　親友ですよ。

クララを演じる女優　彼女を敵には回したくないね。告発文を読んだ。他人をここまでこき下ろせるのかと呆れるぐらい、いろいろ書いてある。

ローザを演じる女優　わかってたわ。あのドアが閉まったときから。これあなたの車でしょ。素敵ね。

クララを演じる女優　差し押さえたのだ。このあたりで工場をやっている奴のを。特別仕様車だ。抵抗できるわけがない。戦争は戦争。よって自家用車はもはや存在しない。奴には車を没収するときに、私有物はありえないのだと伝えた。奴自身も私人ではない。おそらくはポカンと見ていただけだろうが。

ローザを演じる女優　兵士としての経歴は長いのかしら。

クララを演じる女優　戦前は無職だった。そして開戦前にみずから志願した。家で漫然と窓の外を眺めているのは無益なことだったから。

ローザを演じる女優　悪くないんじゃない。皆が働く必要なんてないわ。

クララを演じる女優　わからないのか　若くて人生の展望が開けているのに突然なにもすることがなくなるんだ　経済的なことを言ってるんじゃない　無為の時間は　人を不安にさせる　六十年もの自由時間なんか　耐えられるものか　どんなにくだらないことだろうと　何かしていなくては　おかしくなってしまう。

ローザを演じる女優　やめましょ　この車は居心地いいはずでしょ

クララを演じる女優　私は指令を受けている　懐柔するな　あんたに悪気がなくてもだ　いずれにしても私はあなたを護送しなければならないのだ　望みはわかっている　が、そうはいかない　それにあなたの性病は完治していない

ローザを演じる女優　ここにコンドームがある　だから大丈夫よ

クララを演じる女優　遅刻しても彼らには理由がわからないとでも言うのか

ローザを演じる女優　ナニ絡みだってことはわかるでしょうけど

クララを演じる女優　降りろ　ただちに衛生兵に申し出なさい　そうすれば注射を打たれてバラックにはいれる　他意はないのだ

ローザを演じる女優　なぜ私をずっと「あなた」と呼ぶの

クララを演じる女優　だめか　あなただって女性だ　敬意の対象だ　病気は関係ない　自分のような野郎じゃないのだから

ローザを演じる女優　誰のようなですって

クララを演じる女優　自分のような

ローザを演じる女優　自分って　誰なの

クララを演じる女優　私に訊くのか

ローザを演じる女優　あなた格が違うから

クララを演じる女優　私ヨハネス・ガーブラは、前線に戻る前に二日間の休暇をとり　保証書をもって売春宿に続く列に並ぶ　14－2バラック脇で前には十五人、「性器をみせろ」　下士官のレッフェラーが唱える　いざバラックへ入るときに指輪を隠す　なぜ隠すのだろう、指輪には妻の名が刻まれている、妻とはコルベ・クリーニング店で一緒に働いていた、妻への手紙には、もし最後にひと目会いたいなら、訪ねてこいと書いた。

ローザを演じる女優　指輪を隠さなくてもいいわ、兵隊さん。ズボンを下ろして。三分間よ。始めて。

クララを演じる女優　彼女は足を広げる。自分はヨハネスという名前だと告げる。君の名前は。

ローザを演じる女優　どうでもいいことよ。保証書と三分の時間があれば。始めて。コンドームはここよ。

クララを演じる女優　今日は勃たない気がすると、私は言う。手紙を書いたのに、妻は訪ねてこなかった。

ローザを演じる女優　あと二分。

クララを演じる女優　君をローザと呼んでもいいかな、僕のことはヨハネスと。

ローザを演じる女優　好きにすれば。でも後ろで待っている人たちがいるから。

クララを演じる女優　ローザ。

ローザを演じる女優　どうしたの。

クララを演じる女優　勃たないような気がする。

ローザを演じる女優　そう言ってたわね。あと一分よ。

クララを演じる女優　思いどおりにならない。

ローザを演じる女優　もうドアを叩く音がするわ。立って。

クララを演じる女優　私は立ち上がりバラックを後にした。衛生兵のところへ行き、坐薬を入れてもらい、仲間たちの列に並んだ。前線へ向かう。

ローザを演じる女優　ダダダダダダダダッ

クララを演じる女優　私は走り出す。指のリングを手でなぞる。隣で誰かが倒れた。さらに走る。
チューンチューンチューンチューンチューンチューンチューン

ローザを演じる女優　ダダダダッチューンチューンチューンチューンヴヴヴヴヴドォーン

クララを演じる女優　ドォーン　あぁぁぁぁぁぁ　わかってた　わかってた　わかってた　わかってた　誰か誰か誰か誰か　俺の腹が　火が　殴るな　頼む　殴らないでくれ　水を　水を　エンジンをかけろ　トゥヴァハトマン通りへ行かなければ　シーツを待っているお得意さんが　俺の腹が　水をくれ　桶いっぱい　ローザ　洗い物を漬けろ　俺は桶に飛び込む　濡れたシーツかテーブルセンターを上に広げてくれ　桶の水を飲み干す　違うんです　コルベさん　急いで何か飲まないと　そしたら出発します　ローザおまえを連れていく　何もかも真っ赤だ　しっかり捕まえていてくれ　焼け死んでしまう　溺れてしまう　エンジンをかけろ　なぜ誰も連れていってくれないんだローザ　あの指

令はあたしに与えられたんじゃない　ヨハネスがやるはずだった　俺を引き戻してくれ　水道のあるところまで　なぜ彼らは俺を連れていってくれない　こんなことがずっと続くのか　彼は二時間のあいだ十年のあいだ休んで前線を転々とする　俺たちは新しい住まいに引っ越す　おかけになってください　お聞きになりましたか　また始まるそうですね　しかし車は動こうとしなかった　それで待つことになる　窓から外を眺めて二時間　十年間　窓から　燃えてしまう

ローザを演じる女優　そんなものを齧っちゃダメ

クララを演じる女優　こんなの嘘だろう　まもなく静けさの底で目を覚ますんだ　シーツを机に広げてみて　おお　テーブルセンターは血に染まっている、君は処女だったんだ、血染めのテーブルセンターで食べさせて、血の処女は五十マルクだ、食べさせて、血に染まった五十マルク紙幣の処女、おまえの務めなんだ、食べさせてくれ、そうしたら出発しよう、オープンルーフは開けてくれ、空気がぜんぜん足りない　蛇口も作らせなくちゃ　チェス、か　とんでもない　前線は別世界だ　消えてしまおう　走り抜けよ

う　おまえが俺を愛しているなら、おまえを金で手に入れることもできる、交渉をもつまで十年待ったんだ、窓から外を見ると、おまえはまたバケツを持って立っている　桶には入れるな　桶には

ローザを演じる女優

指輪。これをアンタどうしようと言うの。これはあたしのものよ。証拠があるわ。でも目は閉じてやらなければ。目は閉じているのがいいの。さあこれでおしまい。始めと同じようにね。

2

トロヤ　演劇　死

盲目のパンダロスと壁に沿って彼を導くプロンプター。銃殺用に設えられた壁には目隠しをされた五人の黒人兵士が並ぶ。

パンダロス　ここには荒野が広がり、向こうでは戦いが口を閉ざしている。
両者を壁がひっそりと隔てている。
ここでは敗北が勝利を、
向こうでは祝宴が哀しみを意味する。
ここでトロヤと言えば占領された街、
向こうではギリシャ人が軍を名乗る、
トロヤの城壁を包囲した軍隊、
しかし今やいずこも微動すらしない。

嗚呼、誰が戦いを終わりなき眠りと、
そして勇者を安眠する者と名づけたのか、
ここでの闘いには、
翼の麻痺した鳥、眠りにつこうとする甲虫の名を与えよう。
そしてこの街には
明るい炎を燃えたたせ、ある女の欲するものを、
あの男に与えようと心に決めた、
また「戦いが起こるように」と祈った。
とうとう火の手があがるのを見るがいい、さあ見るがいい……
火をつける国がすでにないのなら、
二つの肉体に火を、女が見つかれば、
私パンダロスが火をつけよう、
トロヤが見放した男と女に
不快感で覆われた救いようのない老人だと言われながら、
観客かつ淫らなスパイに私はなった、

肉体の、戦争ファックを観戦する。
彼らの演技指導者に私はなりたい……
おのれの欲望を上演したい、
二つの肉体をとことん一つにする、
女はクレシダ、男はトローイロス……
（彼は台詞を忘れてしまう）

プロンプター　（プロンプトする）
純粋な気持ちだけが感じられた、
牝馬に雄馬をあてがったとき……

パンダロス　（最後の行を繰り返す）
また間違ったプロンプトをしたな。そうではない。
ああ、台詞を言えば言うほど、忘れることが多くなる。重要なメッセージを後世に伝えるためにプロンプターを雇わねばならないというのは恥辱だ。頭だしをしてもらうと、違和感をおぼえる。だが歳には勝てぬ。再三の戦争、私はそこに全身全霊を傾ける。「殺め合うな、愛し合え。この壁は、時を、離れ離れになったトロヤ人とギリシャ人を、そしてあらゆるものを隔ておまえたちに警告するだろう」

プロンプター　それは最後にくる台詞です。
忘れましたか、パンダロス。
独白の真ん中は、
クレシダがいかにして王子を欺いたかを語る部分です。
作品の真髄、結論を
冒頭にもってきてどうしますか。意味がなくなります（That makes no sense）。

パンダロス　その手には乗らないぞ
おまえの下手な詩に金を払うのではない。
書かれてもいない行をよく口にできるものだ

プロンプトというのは、囁くように頭だしすることだ、
英雄たちが話の脈絡を見失ったときこそ、
私はおまえに問いただすのだ……次は何だ（What's next?）？

プロンプター　（プロンプトする）
「罪人の晒し台を見物にしか使わない、海千山千の女衒と私を名指すおまえたちが耳にするのは、私のこの台詞だ……戦で芽生えた愛を成就させようとして、彼ら二人に愛の闘いをもたらし……」

パンダロス　（台詞をなぞって、それから）
……そして彼らの離別の証人とならざるをえなかった、
義務と嗜好のジレンマが招いた結果だ。トローイロスはクレシダを
国家の代償として敵陣へ赴かせ、クレシダは自分を守るのを拒んだこの男に一矢報いた、そして臆面もなく敵に身を差し出し、足を広げてみせた。これが戦争だ、
ギリシャとトロヤの間で滞っている、女とその支配者の間で繰り広げられる戦争はま

だ続く、
しかもこの諍いを招いたのはこの私、
この、誤った戦、平和の時に、
武力の静止時に、私はああ……

黒人1 このじじぃはいつになったらおとなしくなるんだ？
奴らがいつになったら俺たちを撃ち殺すのか、おまえわかるか？
あいつの口からでまかせを聞くのはもう耐えられない。

黒人2 りっぱな結末を数パターン考えてみたよ。

黒人3 （歌う）
俺の最期だ、わかってる、
弾が心臓突き抜けて……
女が大股開きするみたいじゃないか、

で、昇天。

全員で そう、死は人間に見識もたらすもの、
生は見識うばうもの。
人間は死の瀬戸際にいても自分のことがわからない、
この世に生れ落ちたとたん、終わりがもう口をあけて笑っていたとあとでわかって
叫ぶんだ。

黒人1 （歌う）
最後に脳裏に浮かんだのは、
死んだ兄貴のことだった、俺より一足先に辿り着いた岸辺に
腰を下ろしていた。
ああ、俺を待ち構える兄貴の凄まじさ。

全員で そう、死は人間に見識もたらすもの、

生は見識うばうもの。
人間は死の瀬戸際にいても自分のことがわからない、
この世に生れ落ちたとたん、終わりがもう口をあけて笑っていたとあとでわかって
叫ぶんだ。

黒人3 （歌う）
俺はあれこれ考えすぎ、
ああ、自分にしか描けないような絵を、なんてね……
でも絵描きにはなれなかった、
ここで俺が殺されると　エセ絵描きも昇天ってわけだ。

全員で そう、死は人間に見識もたらすもの、
生は見識うばうもの。
人間は死の瀬戸際にいても自分のことがわからない、
この世に生れ落ちたとたん、終わりがもう口をあけて笑っていたとあとでわかって

叫ぶんだ。

黒人4 天国に吹き上げられるのを夢見る
神様のタマに蹴りを入れてグチャグチャにしてやろう
俺たちクズ人間へのあらゆる仕打ちにお仕置きさ
あんなことをしておきながらヤツは薄笑いを浮かべてたんだ

全員で そう、死は人間に見識もたらすもの、
生は見識うばうもの。
人間は死の瀬戸際にいても自分のことがわからない、
この世に生れ落ちたとたん、終わりがもう口をあけて笑っていたとあとでわかって
叫ぶんだ。

黒人5 （歌う）
こんな死に方をしたいなんて言わないのが俺だ、

そうすれば、馬鹿丸出しだけど、ビクビクしながらそっと
新しい住処に行こうとする、ただ一人の男になれるだろう。

全員で そう、死は……

黒人3 さあ、位置につけ。あとどれだけ待てばいいんだ。
まず敵前逃亡だと大声をあげておいて、
それからここで俺たちを延々待たせておく。
（命令する）「位置について。撃て」

パンダロス この無礼な奴らは何者だ？

プロンプター 予備軍の若い奴ら。輸入品です。
アフリカかどこかからの。兵役を拒否したのです。死刑判決です。
刑の執行を待っています。

パンダロス　トロヤの話はまだ続いているのか？　先へ進んでいると思っていたが。
（黒人兵士たちに向かって）誰の命を受けたのだ、命令に背いたのか？

黒人4　ヨーロッパ絡みで。（黒人5に向かって）って、この辺のことを言うんだっけ？

黒人5　知らねぇな。何も見えないし。どうでもいい。そのときがついに来たとしても、だ。
「撃て」

黒人1　死んでる時間が長かったんで、銃撃が聞こえなかったのかも、このボンクラが大声でべらべら喋ってたしな。

黒人2　思い出したいことしか思い出せないだろうってこと。

パンダロス　おまえたちはトロヤか　あるいはアテネの将軍たちの命を受けていたのか。

ヘクトール、アキレス、ディオメーデース、ウリッセースに寝返ったのか、
弛緩しきったこの白人たちを見限って。
ヘレネーはようやくこの
終わろうとしない数世紀にわたる闘いから解放されたのか？
トローイロスは、不忠の愛はどうなった。

黒人3 誰だって。ヘクトール？　ウリッセース？　約束したはした金を払おうとしない奴らのことか。まず俺たちがちゃんと仕事をする、すると奴らは欲がでる。（黒人2に向かって）それとも上の奴らは金を出してくれたか？

黒人2 全然覚えてねえな。金のことはさっぱりだ。（泣く）帰りてえよ。天国でもいいよ。

黒人4 我々に死刑執行を命じるにあたって、気のきいたお言葉をいただけないでしょうか。奴らは俺たちに発砲するかアフリカ行きの帰りの切符を手配するかのどっちかだ。

黒人5　それか女。なら残ってもいい。あの白い女をこの手で抱くのはスゲぇことなんだろうな。（パンダロスに向かって）トローイロスだか誰だかを騙した、あの小柄な女はなんて言ったっけ。アンタ、あの女は誰とでもやると言ってた。壁の向こう側でもこちら側でもお構いなく。そう言ってたよな。けど、あの手の女は奴らの金をすかさず手にするんだ。俺たちとは逆に。それともひょっとして、仲間に無料奉仕するお友だち？

パンダロス　（プロンプターに向かって）なぜこの不幸な者たちを誰も救ってやらない。罰には違いないが。しかし待たせるのは非情な仕打ちだ。なぜ撃ってやらない？

プロンプター　（ささやく）誰もいないからです。ヴェルダンを手本にして処刑の指示は与えられました。それからスターリングラード、次にようやくトロヤの登場だ。じかにこの目で見たんだ。奴らはさらにベルリンで途中下車するかもしれない。ツェーレンドルフではアラバマ出身の黒人がラリっていて、西側へ逃げようとしていた。みんなここにいる奴らの仲間です。奴らは俸給のほんの一部さえ手にすることがなかった。

パンダロス 口にするのか。私が忘れていた台詞の箇所だ。
支払い手段にはこだわらないが、
平和維持活動にも賃金は必要となる、
きっと支払いカウンターでは　私のことを待っている者がいるだろう。
あのみじめな雇われ戦闘員たちを撃ってしまえ。
私は報酬を手にし、我々の説教は延々と続くのだ。（退場）

プロンプター （口を塞ぎながら、兵士たちの頸部を次々と斬っていく。その合間に）彼はまた台詞を数行忘れてしまった。いつものことだが。つまり……「平和は素晴らしい」「愛とは労働である」「ジロジロ眺めるのは面白い」のくだりだ。（観客に向かって）私の仕事は前とは違うものになってしまいました。ご覧いただいたとおりです。もはや頭だしで喋るのではなく、行動せねばなりません。さらに付け加えれば、上演中に。営倉に参ることにいたしましょう。それ以外の場所はないのです。プロンプトの服務規程にもこうあります。……「プロンプターは義務の遂行にあたって、技術的な障害や健康への害悪をもたらさないような空間を求めてしかるべきである」プロンプター・ボックス外におけるプロンプト、とくに舞台におけるプロンプトは、劣悪な音響、制限された視界、劣悪な照明、空間上の閉塞感、さらに舞台照明、電気コード、舞台上の埃、セットの組み立てと解体ならびに危険な小道具（火のついたローソク、槍、熱い飲物、動物その他）を伴った役者の入退場などにより、プロンプターにとっては技術的な障害のみならず、健康上の、また事故のリスクを高めるものであります。多くの劇場で例外的な事例が通常の事例となってきているため、プロンプターのために新たにプロンプター・ボックスの設置を求めねばなりません。プロンプターの仕事場は厳密に定められています、演技者に対するプロンプターの効果的な使用を妨げず、ひいては健康上の、また事故の危険を回避するためです。プロンプターの職務は、プロンプター・ボックスすなわち仕事場の解体により、人権上も芸術性という点でも差別を受ける。ボックスが舞台から消失するとすれば、それは舞台空間の改悪、古い劇場の使用中止、劇場の仕事場の破壊を意味する。プロンプターは、たとえ舞台にあがらなくても、「演技の義務」に関する契約を伴う場合は、衣装や仮面をつけプロンプトすることを求められるのである。これは俳優たちにとっても無益なことです、「アイコンタクト」がなくなり、音響的にもプロンプトの理解が困難になるのです。プロンプトは裏方だが芸術性の高い補助作業であり、観客の目に触れてもならない。劇作家であり俳優でもあるクラウス・ポール氏に後押しされ、この場で公言するように仕向けられた私の主張を、皆様が支持してくださいますよう。（ボックスに入り、もう一度中から外を見る）彼はあと二つの台詞を忘れています。「狼を椅子に座らせてみなさい」それから「この国を変えることはできない、だから話し合うテーマを変えよう」

3

怒りの効用

ある洗濯場。ローザを演じる女優が仕事をしている。洗濯し、仕上げをし、洗濯物を広げる、吊るす、アイロンがけ、仕上がった衣類の整理　などなど。

クララを演じる女優

ほら。いま。まただ。聞こえなかった？　聞こえるでしょ。階段を昇るのが。奴らが来たんだ。もうすぐドアをノックする音がする。耳が聞こえないの、クララ。奴らはあたしを捕まえに来たんだ。アンタも見納め。あと数分後には。（間）違った、上に行った。まだだった。待っていましょう。もう一度おさらい、間違えないように、いちばん大事なのは印象だからね。あの男たちは真相をとうとう知ってしまった。あたしは奴らが捕まえる最初の女ではないんだ。考えをまとめましょう。次から次へとおさらいをするの。どんな質問にも準備をしておく。あれこれ考えすぎない。考えすぎては堂々巡りになるのがオチ。（間）それからヘアピンのことを忘れないように。

覚えておいて……ヘアピン。慌てふためいて忘れないようにしなくちゃ。とにかくヘアピン。奴らは毎日五人をパクってるプロ、でもあたしは初舞台だもの。だから自分を印象づけなくちゃ。そうでもないと　奴らは同じように考えるもの、奴らには女の考えつきそうなことがよくわかってる。そうとなればどんなものにも意味がある、歩き方、言葉。あまり動き回ってはだめ、じっとしている、どうせその場所から動けなくなるんだけどね。どっちにしても独房はまっぴらだわ。（間）ひと言だって無駄にはできない。さあもう一度最初から。そう、クララ、くたびれたバカ女、アンタのシュミでしょ、哀れなローザが歩き回るのを見物するのは、違う？　隠さなくてもいいわよ。覚悟していたよりも落ち込むのが人の性。でも、そんなことはどうでもいいわ。ただ正しい受け答えができるよう、ちょっとしたヒントが欲しいわね。自分の証言が正しいとは、あたしも思っていない。それらしく聞こえるかどうかがポイント。ありえないと思われたって、それでいいの。あたしも自分のことが信じられないんだから、アンタも気楽でしょ。何かが起こって、そして以前のようには振る舞えなくなる、よくあること。アンタにはわかってないだろうけど。アンタは得ね。じっとしていましょう。ひと言も無駄にしちゃだめ。上着の前はきちっと留めて。でも胸は見ててね殿方たち。（笑う）誰かが豊かな胸だと認めてくれるかもしれないし。奴らには証人としてのクララが必要なの。たいていの男はあたしがいい体をしていると言ってくれた、感触がいいか悪いかは、触れてみればわかること。情欲の火花は、弾けるかまったく不発かのどちらか。あたしのときは炸裂。ここにいるクララでさえそう証言してくれるでしょう。それとも嘘を言うつもり？　アンタのときも炸裂したのに、この期におよんであたしを突き放そうとするの？（間）体がせつなくなるので、骨が出るまでこすろうとする。（間）やまびこみたいね。この下半身の温かいものは何だろう。静かにして命を絶ってしまおうか。そうしたら美しい場所へ行けるんだ。（間）何だか楽になったわ。いい、出発前に、鏡を見ること。（間）座る。立つ、声を静かにたもつ。言った端から忘れてしまうわね。「違います、私は悪くありません」、違う、「無実です」。下手ね。これでは間違った印象を与えてしまう。強すぎるわ。もっと混乱したふうに聞こえるのがいい。とうとう奴らは　齢二十六にして初めてその場に立つ女を目の当たりにするのよ。そう、「認めます、自分の子供を溺死させました、あそこにある桶の中で。シーツにくるまって枕に子供は乗っかっています……刑事さんたちが子供を見つけて……だけどそれが起こったのは……故意ではなくて……罪状を考えれば、そうなんだと思います」悪くないわ。文をもっとごちゃごちゃにして、気持ちの昂ぶりを見せること。もう一度。「付け加えます、子供を殺しました……だけどそれが起こったのは……故意ではなくて……罪状を考えれば、そうなんだと思います」一語たりとも忘れぬように。頭の中に大きく書いておこう、この言葉だけは、儚いものだから。この言葉だけはね。心神喪失。心・神・喪・失。心・神・喪・失。ローザ、アンタは狂ってるの。キチガイ。（笑う）キ印。あっちへイっちゃってる。ヘアピンはやっぱりないほうがいいかな。信憑性が増すから。自分を抑えられない女は、荒んでいる。下層階級の出で、頭は錯乱。いいじゃない。社会という点を強調してみようか。女友だちといる貧しい娘が大都会になじめず男たちに身をゆだねる。兆候はすでに子どものときにあり。「ここに兄を証人として召喚することを申請します。兄は私が子どものころ悪夢にうなされていたと証言するでしょう。私たちは同じ寝室で眠りました、朝になると兄は、私が夜中に眠りながら起きあがり、目を開けて窓際に立ち中庭を見ていたと、よく話してくれました」（同じ台詞を異なった身振りで繰り返す）（間）だめだめ。あたしが自分でこのことを証明しようとすると、奴らは言うんだ、あの女は条文にすがろうとしている、と。判断力にはまったく問題なし、女は自分が狂っていると証明したいがために、訴えているのだと。すべては生い立ちに語らせなくちゃ、偶然を装って。奴らが自分で思いつくヒントにしなければ。強引に申し立ててはだめ、印象が大事。（間）考えすぎず、放棄せず。どの言葉もはっきりと口にしてみる。自分の耳で聞いてみないと、効果のほどは判断できないわ。一語一語を、他人が話しているようにじっくり聞くの。またいじろうとする。指をアソコに入れないの。つらくても我慢よ。集中するの。（間）それとも黙秘するか。雷に打たれたようにその場でじっとしている。話すのもままならない。泣く。（泣こうとする）しつこすぎるわね。内に籠もったほうがいい。（泣く）どうにもならないんです。死にたくありません。（泣く、おもむろに泣きやむ）いいじゃない。だけど告白も匂わせたほうがいい。泣けば同情されるけど、心身喪失でもなくなる。奴らはそう理解しようとする、奴らの思うつぼよ。だけどそうはいかない。そうよね、クララ。会いに来てくれるんだったらお墓よりキチガイ病院のほうがいいでしょ。笑いのネタがあるもの。そうよね、クララ、カス、アンタもそう思うでしょ。……何も言わないのは危ない。それを口実にされてしまう。だから続けましょう。それともちょっと間を置いてみようか、あれこれ考えずに。（間、そして彼女は歌う）

元気をだして、ゾフィー、そんなに泣くんじゃない、
目つきが悪くなって、皺だらけになるわよ。
涙は何の役にも立たないの。
元気をだして、ゾフィー、どんなにつらくても、
恋人ははるか彼方、でも英雄として戦っているの、
主は英雄をお護りくださるわ。

「起立、歌やめ。顔をまっすぐに。氏名、住所、経歴を言いなさい」「ローザ・ガーブラ、旧姓ポーファール、一八九四年五月二日シュトレーリッツに生まれました。家族状況、夫と死別。拘留期間はベルリンのC2、クライネ・アレクサンダー通り四番地に住んでいます」ここはもっと小声で言わなくちゃ、考え事をしているように。「名はローザ・ガーブラです。アレクサンダー通り四番地に住んでいます。シュトレーリッツに左官のカール・ポーファールとその妻エリザベートの娘として生まれました。一九一六年六月六日に寡婦となりました。この日、夫は……」主人のほうがいいわね。

真面目な感じ。「この忌まわしい日に、主人であるヨハネス・ガーブラはヴェルダンで戦死しました。当時私は二十歳でした。幼年時代は親の庇護のもと過ごしましたが、冬になると父に仕事がなくなることがよくありました、でも必要な物に事欠くことはありませんでした。

元気をだして、お隣さん、もちろん、これは事実、
厳しいご時世お金はときに希少価値アリ、
悩み苦しむあまたの人たち。
そんなとき、慰めになるのは何かしら、悲痛な思いをして
重荷をますます重荷と感じるあなたたちに、
それでも明日はよくなるだろうと願ってやろう。

私たち四人きょうだいは母の家事を手伝い、長女である私には、仕事中の父に弁当を届けるという役目がありました。現場の若い左官たちが声をかけてくれることもあり、私もまんざらではありませんでした。性的な成熟に関しては、クラスの他の女生徒た

ちよりも進んでいました。それはこんなときにはっきりしました、男子生徒たちが私の……」胸、おっぱい、どっちかな、クララ。（間）「おっぱいに触ってくると。同様のことは、私が弁当を持っていく、先に触れた父の現場でも起こりました。それでたいへん顰蹙を買い、十三のときに私は学校を辞める羽目になりました。その後コルベさんのクリーニング屋で職を得ました。大きな洗濯場で仕事をするのですが、女性たちが大勢いて、彼女たちとはよく理解し合えました。一部の人たちからは、こと性的な面に関してよくない影響を受けました」。そうよね、クララ、ごめんなさい、アンタには関係ないことだった。だからアンタは娑婆にいて、あたしが牢屋に入ることになったんだ。どんなものか、想像もつかないでしょう。トイレに入る。鍵をかける。給水タンクの小さな取っ手は指の太さ 突起物はついてなくて長さ三十センチぐらいそれかドアの下についている真鍮の球。それにアソコをこすりつける、何度も。すこしはわかったの、クララ。娑婆にいて何がわかるの。アンタが半人前で、本当に残念ね。耳を塞がなくてもいいでしょう。コツ コツ コツ コツ。蜂の大群が腹いっぱいにして、蜂蜜を集めて、あたしのお腹にもってくるわ。ねっとりと白い蜂蜜。蜂蜜よ、蜂蜜を蓄えてあたしはどこへ行こうというのだろう。そして突然力が抜けてぐったりしてしまう、長い行軍を終えたみじめな野戦兵士のよう。あんたに何がわかるの、クララ。死んだ木に生えている枯れ枝のくせに。（間）「喋りすぎました、刑事さん。考え事をしていただけなんです。よくあることなんですよ、どこにいるかもわからなくなって、頭の中でいろいろなことがまぜこぜになってしまうんです。私はコルベさんのクリーニング屋で働きつづけました。そこで後に夫になるヨハネス・ガーブラとも知り合ったんです、洗濯物を車で運搬　洗濯物を車で運搬　洗濯物を車で運搬」シーツ　枕　下着　白い下着がお日様で輝くようにパリっとして、そして車に積まれた洗濯物のよい香り　日の当たる車に積まれた洗濯物のよい香りがすると　あたしはアンタの見事な首に力をこめ　洗濯物に沈め　アンタはあたしの肩に乗り　洗濯物が白い　ああ　あたしの小さな脳みそはどこへ行ったの　もうわからない　しっかり集めなくちゃ車のエンジンはブンブンと音を立て続け　あたしたちは往来の真ん中で　トゥヴァハトマン通りの配達がまだ　エンジンは音を立てていて　洗濯物はよい香り　あたしが独りでローラーにかけて芝生に広げたのだけど　洗濯物に染みをつけてはダメ　もうちょっと気を遣っていたら　きれいなままだったろう　染みのある洗濯物を手にしたら　お客さんは自分で洗ったほうがいいと考える　あちこちに大きなどす黒い血の染み　血が見えるかしら　あたしから純潔を取り去ったように　罪も取り去ってほしい　すべてを洗い流すことはできないのかしら　この赤い血も　戦争中はあたしを起こす男たちが　平和のさなかでは首を締めにかかる　男たちは血と一緒に人の純潔を奪っておいて　流血でその純潔の対価を払う　だけど血は彼女のものでアンタの指のあたしの血みたいに　あたしの指にべったりとついている。

元気をだして、奥さん、ご主人は何をしてらっしゃるのかしら、
マルヌ河沿いの小さな村にご滞在、
奥さんにはくれぐれもよろしく仰ってねと伝えました。
私のところではおくつろぎの様子、そのためのこの身ですもの、
あなたにはお裁縫の仕事がおありでしょ、
ご主人をこっちへ寄こしなさいな。

そうは問屋が卸さない　トゥヴァハトマン通りへあたしたちは仕上げ品をすべて配達しなければならない　思いどおりには事は運ばない　明日を見越して備えるのは無

理　心神喪失　ローザ・ガーブラは精神病院への入院を命じられる　責任能力不問　心身喪失状態により無罪　しかし鑑定の必要あり　そうしたら突然　本当にそうなってやる　それなら奴らも法に従って　あたしを解放する　そうしたら念願の役をあたしは演じる　演じる必要はないのか　だけど今はまだ演じなきゃ　すっかり脇へそれてしまった　やり直し　それとも一人の狂った女が正常を装って　警官詰め所を見つめているというのはどうかしら（長い間）本当にそうなったらどうしよう……いいじゃない、こんなことを思いつく人間はいないんだし。どうかしら、クララ、アンタは頭がいいから。やってみるぐらいはするでしょう。だけど相手がヨハネスじゃアンタの面目は丸つぶれ。アンタあいつがあたしに何も話さなかったとでも思ってるの。配達の山を車に運ぶときには、いつもクララがたまたま物干しにいた。かがむときには、いつだって大股開きだった。でもそれだけじゃ足りないの、クララさん。腰まで使ってすこしゆすってみせるの。こうやるの、見てごらん。こうやって、こうやって上げたり下げたり。「申し訳ありません　裁判長、クララが、コルベさんの店で一緒に雇われていた友人のクララ・フィーベックが　教養をひけらかして私をよくからかったからなのです。私より、やることなすこと巧妙で、罪を犯すことのなかった彼女のこ

とをよく思い出します」（間）

元気をだして、お友だち、何をおどおどと見ているの。
ああそうね、時間がかかりすぎる、そう思ってるんでしょ、
アンタたちは結末を知りたいんだ。
子供のお芝居程度かもしれないのに、
前に出てがむしゃらに手を伸ばそうとすると
お話は丸ごと逃げていってしまうわよ。

九月十日に私とヨハネス・ガーブラは、シュトレーリッツの近郊でパイカ牧師の前で結婚を誓いました。ヨハネスは二日前に召集令状を受け取っていました。戦地に赴く前に、私たちは夫婦になって、あらゆる利権を手に入れようとしたのです、もっともこのとき私たちの関係は当初ほど愛に満ちたものではなくなっていましたが。眠らないのに彼の横にいて卑劣の限りを尽くしました、すでにお話ししたとおり、クリーニング屋のトイレでもしていたことをやったのです……お話ししていませんか、そ

う、話していないわ、間違えました、それに明らかに関係のないことですし。（叫ぶ）あいつにはうんざりしていたんだ。行ってしまえ、カス、呑んだくれ、自分の部屋でガーガー寝てろ。奴らが最初にあたしを抱こうとしたその場所にアンタが今いようがいまいが、あたしには関係ないんだ。まだまだ待たされるだろう。奴らにはやれない、それともあたしを屍姦するか。（長く笑う）あたしの屍を乗り越えてやっと、奴らはあたしを手に入れる。（笑いながら床でワルツを踊るが、笑い声は泣き声へと変わる、そして静寂、彼女は立ち上がる）「確かです、裁判長。私の夫。私の主人は一九一六年六月六日にヴェルダンの近くで戦死しました。二週間後、私は友人と、フィーベックさんと共に、前線の救援活動に志願しました。フィーベックさんは私に、我々の民族のこの重大時に何者たりとも傍観することは許されず戦死した一人の男、主人の代わりを、懸命に二人の女性が果たすことで補えると説きました。私たちはヘントの基地へ赴くべくベルギーへと送られ、現地の野戦病院で従軍看護婦として活動しました。私はフィーベックさんと相部屋になり、神経の強靭さという点では彼女がしばしば未熟だったので、助けてやりました、このことについては、彼女が自身の言葉で明らかにできると思いますが」嘘じゃないわよね、ワタシニ触レルナさん、新患が運び込まれると、二時間は吐き続けていたっけ。（クララの真似をして）「無理だわ、ローザ、私には無理、こんなに大量の血液、あたしの代わりにゴムチューブを、この男に、咽喉からチューブが抜けて、スープが流れだしている。私には無理、ローザ、やってよ、アンタなら平気でしょ、それから下半身が吹っ飛んだあの男、ひどく化膿しているわ、私の代わりに包帯をしてあげて、今晩配給のチョコレートをあげるから」。あたしはあの男の咽喉にまたチューブを押し込んだ、クララ、あたしは毎晩、業務のあるアンタの代わりにホールに下りていったんじゃなかったっけ。なのにアンタ。お返しに警察を呼んで、あたしを犯人扱いしようっていうの。（叫ぶ）シーツの下にいるのはてめぇの子供じゃないか。ヨハネスはよく言ってた。「あの女、俺の女にはしたくないな」って。法廷でアンタに目をやることはこの先きっとないでしょう、これはあらかじめ言っておくわ。アンタ、茶色の服を着て入廷するんでしょう。情景がはっきりと目に浮かぶわ。（クララの真似をする）「野戦病院にいたときに、私は被告人との人間関係をすでに損ねております。彼女が私どもの相部屋に兵士たちを連れ込んで、彼らと情事に耽るのを、私は頻繁に目にしております」せめてこれぐらいのことを言ってくれたらね。アンタは上品すぎた。あたしは少なくとも奴らには、ずらかる前にいい思いをさせてやった。足をこう広げて、聞かないふりをしても、耳はどうしても塞げない、見なさい、彼の目が光って、あたしは彼に絡みつくの、ほら、クララ。足をもっと広げて腰を上げて、すると彼があたしのお腹の蜂を静かにさせて、蜜が流れてくるの。それのどこが汚らわしいというの、偽善者。一人の女が飢えを静めて、相手の男は最後の宴を祝うのよ。法廷でも言ってちょうだい、ある男はあの女の股の間で息を引きとったのだと。ね。囁き声すら聞こえないわ、下のホールの非常灯に照らされて独りぼっちでいるよりはいいでしょう……ママ、帰りたいよぉ、彼の頭上には非常灯だけが灯っている、覚えてるでしょ、クララ、ドアの上の黄色いランプ。それでもそんな場所で死ぬほうが、私の胸で手向けの言葉を聞くよりはましよ。非情だからね。非情と言えばアンタ、クララ。あたしのことを届け出たからじゃないわよ——あたしのかわいい子は、生きてるの？　死んだの？　子供の父親は誰？　——あたしのことを届け出てこんなふうに証言するからでもない。「人間的な心の結びつきはありません、ガーブラさんは共同使用する部屋で患者とベッドに入り、しばらくすると医者とも寝て、そして土曜、火曜、水曜がくると、将校たちのカジノへ出かけていきました、あの女は……だとの噂があった」、アンタ「売女《ばいた》」なんてことば知らないでしょ、きまってるわ、「そしてガーブラさんは病気に感染したために、野戦病院を辞めることになったのです」——淋病よ、クララ、淋病っていうの、もっともアンタがそれを口にするとは思えないけど、言葉を口で写しとっても自分の口を汚そうとはしないからね、冷たいクララ、何でも真っ白に洗って口を閉ざしていなさい、冷たい、アンタには同情心のかけらもない、自分に対してもね、彼が死んで、あたしはアンタの頭から毛布を剝ぎとって、アンタはあたしとホールへ降りていかなければならなくなった、どこで彼が死んだかバレないようにするために、アンタはこう言うの。「自分でやりなさいよ」だからあたしは廊下を通って彼を引きずっていった、誰の手も借りずに、この瞬間にも、軍医中尉が巡回で廊下の隅に現れるかもしれない、ホールにいるかもしれない、死んだ男と一緒のあたしを見つけてドアを通ってそして突然どんな言い訳をしたらいいのかわからなくなってしまった。「その男性をどこから連れてきたのですか」あたしは彼をひきずって通路を通り、彼は私を見つめる、急いでいたから、目を閉じてやるのを忘れてしまった、手術室を通りすぎる、するとちょうどそのときホールで、麻酔から醒めた男が叫ぶ、足を切断されたのだった、あたしは死んだ彼と廊下にいる、声を立てずに、男は突然叫び出す。「俺の足、俺の足は。足はどこだ。全部切りやがって、この野郎。足を返せ。おまえらが俺をここに送ったんだ。俺はここに用はなかったぞ。おまえらまだ俺を行かせようと言うんだろ。足を返せ」他の連中も一緒になって叫ぶ。「奴らはこれくらいじゃ満足していない、機械で儲ける奴がいるかぎり、機械は動かなきゃならないんだ……」連中の叫び声は凄まじかったけど、あたしは死んだ男と廊下にいた、早く物置部屋へ、もう医者たちの部屋のドアがあちこちで開いている、物置部屋に逃げ込んで、あたしはしゃがみこんだ、クララ、二時間近くも、それから医者たちは患者が一人足りないのに気づいたそして物置部屋の脇を足音が通りすぎるのが聞こえた……「フリッチェ狙撃兵がベッドにいないぞ」あたりが白みかけた頃、やっと外に出られたわ、クララ、臆病者、アンタが手を貸さなかったからじゃない。でも法があたしを守ってくれる、言っとくけど、大嘘をついても無駄だからね。あたしは自分で裁判所に事の顚末を話すわ。しかも意外なやり方で。もっと混乱した様子で。さあ。（これまでの経緯をもう一度、今度は笑いながら語る）心神喪失、色情狂、軍医中尉がそう言っていた、男日照りでおかしくなってしまう病気だって。勝手に決めつけて。だけど奴らはますますそう信じるでしょうね。だからアンタがあたしを助けてくれるのよ、クララ、事情はわからなくても。哀れな無実のクララ。でもあのコトブス[★3]の哀れな若い男の死刑執行には、アンタも打ちのめされた。うぶなクララ。話してくれたわよね。言葉には言葉を、弾には弾を。奴らは彼を広場へ連れていき、彼はこう叫んだ。「言うことを変えたりはしない。奴らは銀行を救うと言って戦争を始めた。金利を救うと言って、それで生産力は回復する。俺たちはここで爆撃をして、建て直さないとならない建物を増やしている。これが機械の戦争だ、やむことはない、それで一儲けする奴らがやめないかぎり、やむことはない。戦争が終わったなどと信じるな、休憩の時間に入っただけだ、休戦、まず二十時間、二年、あるいはどこかで継続。新しい同盟、条約、機械も新しくなって、でも戦争が終わることはない、この秩序が続くかぎり、金が血管を流れる血のように循環するかぎり、この秩序は機能する」よく覚えていたでしょ、クララ。アンタも上手に話してくれた。彼の名はキールホルツ、いま思い出した、顔じゅうにニキビがあるって、アンタ言ってたよね。気色悪い。でも。アンタはそれでも直視したんだった、怖気づくこともなく、誰かが突然死刑執行命令でパニックに陥って、彼の腹に銃弾をぶちこむのをね。彼は地面に崩れ落ちて、痛みで全身を痙攣させた、他の九人は「撃て」の合図を待つまでもなく、彼の腕、足、急所を外して乱射、ようやく誰かの弾が脳天に命中、中身が飛び散って、伍長の長靴まで汚した。奴らは肉片をかき集めた、アンタはどうして目を逸らさなかったんだろう。今さらだけど、その場にいなくて残念だったわ、条文を盾にするためのいいネタだったかもしれないのに。そうは思わない？　クララ、だけどあたしはアンタを、茶色の毛糸袋にくるまったアンタを見ないの、アンタも看護婦の仮眠室で、あたしのことを見ようとしなかった。（ローザを演じる女優がドアの後ろに身を隠す）違う、違うの、行かないで、クララ。内に篭らないで。あたしは警察でうまくやれるよう、アンタを前に全部を演じてみただけ。（ドアを叩く）冷たくしないで、お願い。あたしを独りにしないで。わかってる、あたしは無駄口ばっかりで、仕事をするのはアンタ。どう思ってるのかわかるわ……オマエは気狂いか気狂いを装う奴だって、仕事の前にはこっそり逃げ出しやがってって。それから、オマエは全部ばあさんの日記に書いてあることを演じてるだけだって言うんでしょ、ヨハネスの話も、戦争のことも。アンタの口癖は知ってるわ……死んだ子供はここにはいない、初めからいなかったんだ、欲しくてもできなかった。出てきて、クララ。首でも吊る気。真実を誰が口にするのか、興味ないの。クララ。（ローザを演じる女優が出てくる）

ローザを演じる女優 （ドアをノックする音） いま行くわ。ちょっと待って。（彼女は出てくる） 聞こえなかったの。ノックよ。あたしを通してちょうだい。ドアのところへ行かせて。お得意さんよ。ガーブラさんたちよ。洗濯物を渡したがってるのよ。

クララを演じる女優 開けないで。お願い。警察よ。あたしを捕まえに来たんだ。奴らはあたしに判決を下さないわ。死刑にするのよ。お願いお願い開けないで。（ノックの音。そして足音、遠ざかる） アンタには事情がよくわかってるでしょ。（泣いて） あたしから自由になりたいんでしょ。だからアンタはあたしを訴えたんじゃないの。

ローザを演じる女優 ガーブラさんたちだったわ。（叫ぶ） アンタがあたしにドアさえ開けてくれないとしたら、どうやって、どうやってあたしたちは暮らしていくの。アンタはただでさえ頭の病気を脚色するだけで、他には何もしてくれないし。寄宿学校に残ったほうがよかったんじゃないの。あそこはあんたの作り話にはぴったりだし。働く必要なんてない、白い手をした上流階級の娘たちの世界。だけどあそこにいる本物の高貴な若いレディたちは、アンタを見下していることでしょう。姉に学費を払ってもらっている女のことをね。姉は他人のために汚れ物を洗ってやっている。それで妹が出世できるんだ。親が死んでしまっていても。妹はフランス語を習い、太い足をしたこの私より上の階層に行く。女性教授か何かになった暁には、アンタがあたしを養ってくれるのよ。それなのにアンタときたら、勉強を怠けてばかり。その代わりズル休みの言い訳は天才的ね。警察が、死んだ子供が、戦争が、って。もう寄宿学校には帰りたくない、それだけのことでしょ。戻るとなると、毎回同じことの繰り返し。自分でそう思い込むようになって、本当に頭がおかしくなるまでね。そうなりたいんでしょ……自分の娘でもないのに、あたしは最後の最後までアンタのために煮炊きに洗濯。彼氏だってできやしない。楽しそうだと思える、たった一つのことなのに。そうよ。アンタは話を全部捻じ曲げてしまうかもしれないけど、静かに聞いてみなさい。アンタの頭の中がお花畑だから、誰もアンタと付き合おうとしないのよ。寝るなんて論外。だからアンタのカレンダーは今、一九二〇年になってるの。

クララを演じる女優　（叫ぶ）で、どうやってフランス語ができるようになったんだっけ。アンタが風邪でくたばってたときに、マルヌ河で一緒に泳いだ将校の手ほどきがあったからじゃないの。寄宿学校って何のことよ。あたしが行ける寄宿学校なんてありゃしない。いまドアを開けてあたしを警察に売ろうとして、アンタが考えた作り話じゃないの。子供は死んだ。あたしはローザでアンタの脳のほうにこそ障害がある。言ってもムダよね、誰もあたしの言うことなんか信じやしない、アンタが狂ってるってことも。（間）自分で闘いをでっちあげるのよ。いつか。ありうるかぎり最悪のタイミングで、奴らがまったく別のことを訊いているときに。奴らはこう訊くわ、野戦病院から放り出されたのに、なぜ基地から基地へと渡っていったのか。奴らは続けるわ。金を取って寝たのかって。なぜあるときは金を取り、あるときはタダで寝たのかって。そうしたら、突然ガクッと膝をついて叫び出せばいいの。（実演してみせる）「もう耐えられません。頭上には投光器が、光が、飛行船が、助けて、助けて。あたりはどよめき、人々が走り回る。ストップ。赤十字よ。私は負傷者搬送班から来ただけです。空が真っ白になり、火を吐きだす、ここから逃げなくちゃ、逃げなくちゃ」こうするといいのか、だけど意表を突かないと。（笑う）ああ火だ、みんな川に落ちていく、真昼のようで愉快だわ。二人の男が、川岸でつかみ合っている、一人がもう一人の顎を顔から食いちぎり、床尾を投げ飛ばす、そしてすっくと立つ。口には他人の顎を咥え私ににやりと笑いかける。（笑う）本当にそうだったのよ、ミセス・ガーブラ、旧姓ポーファール、思いつく必要なんかないの。でも毎晩のように夢に見ているわね。事実はどうだったのか、夢のとおりに言えばいいのか、でもいつも見当違いな箇所、だから奴らが真実を知ることはないの。ヘアピンはむしろなしにして、夢でも見ているようにね。本当にアンタは夢を見ているだけで、朝には目を覚ますのよ、ヨハネスの隣で、戦争なんてそもそも起こってなくて、アンタは結婚さえしてなくて、パパも生きている。起きるのよ、コーヒーを淹れて、自転車に乗って、「おはよう、コルベさん。よく眠れなかったんです。夢を見たんです、戦争が始まって戦場にいたんです。おかしな夢なんてありがちですけど。はいはい、すぐにローラーをかけます」それからあたしはトイレへ駆け込み　真鍮の玉を取り　夕方になるとヨハネスに言うの、教会開基祭にクララと行ってきなさいよ、あの子はアンタが好きよ、あたしはアンタが嫌い、アンタたちなんかいなくなればいい（大笑いする）素晴らしい六月のある日に、十四日に。（泣く、それから毅然として）「被告人、あなたはなぜ野戦病院からの退去ののち、故郷のシュトレーリッツへ帰らず、前線の近くを放浪し生業上の淫行で生計を立てていたのですか?」「シュトレーリッツではヘントでの出来事が噂になって、母に会わせる顔がなかったからです」「あなたのことは、トーター・マン三〇七高地[★4]の異名をもつ、マルヌ河畔の丘から望遠鏡で追跡していました、器具や遺体が運び出されるのを、停戦の日に観察していましたね、あなたがそこで何を捜そうとしていたのか、説明してもらえますか」「じっと見ていました、どうやってそこへたどり着いて、何をしようとしていたのか、私にはわかりません」どう説明しろというの、赤ズボン[★5]と灰色ズボン[★6]の奴らが、すべてをかき集めていった。そして突然視界からすべてが消えた。映画館の空のフィルムのように。私の頭はスクリーン、男たちは歳の市の繰り人形、死んだ男たちと彼らを運んだ奴ら、そいつら全員を彼女はベッドの外でも愛した、本当、本当よ、一時間か二日がせいぜいだったけど。愛って何なのかしら。シーツよりはずっと早く擦りきれて、しかも羽毛みたいに軽くなくちゃならないもの。だけどあるとき突然手から消えてしまうの。あああたしは疲れてるのかしら、ヨハネス、あの手紙を手にして嬉しいはずないでしょ。「ガーブラ狙撃兵はヴェルダンにて戦死」三日の間あたしは泣き明かしたけどそのあとで怒りがこみ上げてきた、何を笑っているの……クララ、アンタはよく知ってるじゃないの、彼が前線に行っても、誰もあたしに近づかなかった、隙は十分にあったのに、だけどあたしは彼のものだった、手を触れさせないこともよくあったけどね。今度は自分が自分の自由になって、新鮮だったけど、それも突然終わってしまった。あそこに座って、彼らがくたばるのを見ていた、足がもげ手が転がって、ハエのほかには誰も遊び相手になろうとしない人形たち。（間）すべてを話したかしら。「いいえ裁判長、戦後、私は定職についていませんでした。二度再就職を試みました、パンコウとリヒターフェルデのクリーニング屋で、でも、どちらも二週間で飛び出したんです。居候をさせてもらっていたフィーベックさんに非難されても、私は何もしようとしませんでした。近郊列車の駅で当時は暇をつぶしていたものです。家にいるのが耐えられなかったのです。平和が渦巻いていたから。駅では男に声をかける隙を与えませんでした。私は駅で腰かけて乗客が行き来するさまをじっと見ていただけです。家には帰りたくありませんでした。クララのところにも仕事にも、ちょこんと座っている子供のもとへも、です、子供の父親が誰なのかもわかりませんでした。クララは私が戻ってくると、毎晩そのことで私を非難しました。そして昨日、私は声がしなくなるまで、子供を手桶に沈めました。そして言いました……子供が息を吹き返すよう、洗ってやって、クララ、あたしに子供がいると信じない人、彼女はいつも私の夫になりたがっていましたから。そしてその彼女が私を訴えたんです。（洗濯物入れを開ける）見て、あたしの子がここにいる。死んでいるわ。さあ、クララ。アンタはあたしの刑事さんでしょ。見て。アンタは死んだ子供の父親じゃないの。濡れシーツの後ろなんかに隠れないで。ああ、あたしはアンタのことを愛しているわ、クララ。シーツをかけて。子供の亡骸を包むの。白旗の降伏。無垢の受胎。「私には動機が思い当たりません」最後の言葉は滑稽な感じにしなくちゃ。「私には動機が思い当たりません」これでずっとよくなった。それからとっても小さな声で……「トーター・マン三〇七高地、おわかりになりますか、私が何を指しているのか、男たちはとても静かに動いてそこにあるものをかき集めました、きわめて整然と、持ち物を洗わないとならなくなりますから。制服もテントの布地も。制服とテントの布地、これらは丁寧に洗わなければなりません、裁判長、それからローラーにかけてアイロンをあてて、次の戦争に備えておくんです。ヨハネスがそれを時間どおりに届けてくれるでしょう。彼は車で配達に出ます。するとまたいい香りが。とても新鮮な香り。私は届け物が時間どおりに配達できるよう気をつけています……」

元気をだして、あたしの子、こちらの側ではまっとうなことなの。
神様の覚えはめでたくないけど、
今さら自分を頼れとは言わないでしょう。
元気をだして。キチガイがどこからやってくるというの、
お守りくださるのは政府、海軍、陸軍、
この三つにすがっていかなくちゃ。

(ノックの音) 聞こえる？　クララ、奴らだわ。あたしを逮捕しに来た。(またノックの音がする。) 今ドアを開けます、アンタかあたし、正しいのはどちらか、誰にだってわかるでしょう。あたしたちが誰でどの時間を生きているのか。行ってドアを開けるわ。そうしたら真実がそこに立っているでしょう。アンタの真実かしら、それともあたしの？

終

訳注

★1―トロヤ戦争でトロヤ側に参陣したリュキアの弓の名手。

★2―これは以降も頻出する歌のフレーズ、詩人クリスティアン・モルゲンシュテルン（Christian Morgenstern, 一八七一～一九一四）の『絞首台の歌』（一九〇五～〇六）に収められた「死刑執行人の娘ゾフィーに捧げる絞首台兄弟の歌（Galgenbruders Lied an Sophie, die Henkersmaid）」をもじったものと思われる。

★3―旧東ドイツの都市。ブラッシュは幼年期をこの地で過ごした。

★4―"Höhe Toter Mann."三〇四高地は第一次大戦中の激戦地ヴェルダン近郊の大量殺戮の現場だが、ブラッシュの数字の書き間違いか。

★5―フランス軍兵士。

★6―ドイツ軍兵士。

訳者解題
戦火の〈真実〉とは？
四ツ谷亮子

本来なら、ここではトーマス・ブラッシュの人と作品についての明快な見取り図が示されなければならないのだろうが、難解なテクストとの悪戦苦闘を経て、訳者の苦悩は増すばかりである。咆哮・悶絶の末に喉から血を噴き絞り出されたかに見える女たちの台詞に、どのような強度・同質性をもった日本語を充てればよいのか。いや、女ばかりではない。トロヤ戦争さなかの男女の恋を描いた、シェイクスピアの『トロイラスとクレシダ』に紛れ込み、「輸入品」のレッテルを貼られ、古代ヨーロッパの英雄とキリストを嘲りながら死刑を待つ黒人兵士たちは、いったいどの時空を生きあぐねて漂泊しているのか。彼らの話す言葉はどの地域・時代のものであるべきなのか。ふつふつと湧き上がる疑問に答えを与えようとすればするほど、訳者はテクストのもつ重量感に改めて打ちのめされてしまう。

そのような無力感にとらわれつつ、ここでは「A＝B」式の解題を留保し、作品の周辺をできるだけ整理しながら、読者の方々にそれぞれの息の長さでテクストに向かい合っていただけるよう、読みの手がかりを提示することを心がけたい。

まずはじめに、ブラッシュの略歴を追ってみることにしよう。

一九四五年にイギリスのユダヤ系移民の家庭に生まれたブラッシュは、生まれた翌年に家族とともにドイツのソ連占領地区に移住した。その後、東ドイツとなった当地での幼少時代を経て、六七年にポツダムでドラマトゥルギーの勉強を開始するが、翌年の六八年、ワルシャワ条約機構同盟国のチェコ侵攻に対する抗議行動で国家反逆罪に問われ、二年三ヶ月の獄中生活を送る。その際、東ドイツ文化省の高官の地位にあった父は、息子の罪状を理由に解任されている。若き日のブラッシュは東ドイツの成長と歩みを同じくするも、ユダヤ系の出自もあいまって、父と東ドイツの体現する〝ドイツの歴史〟の重圧をはねのけるための突破口を探し続けていたといえよう。釈放後はフライス工として働くかたわら、同じく東ドイツ出身の作家ロタール・トゥロレ、七〇年代初めに東ベルリンの劇場で文芸部員・演出家として活動していたバルバラ・ホーニヒマン、そして生涯のパートナーとなる女優・演出家のカタリーナ・タールバッハらと児童劇の創作を試みる。

七〇年代前半のブラッシュは、政府社会主義統一党により作品の上演・放送禁止を強いられながらも、児童向けの放送劇、ジャズ・オラトリアなど多岐にわたり創作活動を行っていたが、七六年に起きた作家・歌手のヴォルフ・ビアマン市民権剝奪事件に抗議し、国外永住の許可を得てタールバッハとともに東ドイツを去り西ベルリンへ移住する。そして翌七七年以降ブラッシュは、生きる力を搾取されながらも、想像の世界を通じて辛うじて現世に繋ぎとめられた登場人物を巧みに造形・配置した戯曲を次々と発表する。一九三二年から六五年までのドイツの歴史と四つに組んだ『ロッター』（一九七七）、『女たち。戦争。悦楽の劇』の作風と重なる、モノローグや、役柄・状況を相対化する登場人物の台詞が異彩を放つ（タールバッハがチューリヒでの初演のヒロインを務めた）『メルセデス』（一九八四）はその代表例であり、現代（の体制）を異なる文脈に置き観客を挑発する彼のドラマトゥルギーは、ビューヒナー、ブレヒト、ハイナー・ミュラーの系譜に連なるものでもある。

ここで、八〇年代後半からブラッシュが精力的に取り組んでいた、シェイクスピアの翻訳と改作について触れ、私生活のパートナーでもあるタールバッハとの共同作業をも視野に収めたうえで、『女たち。戦争。悦楽の劇』の構成を吟味していこうと思う。

ベルリーナー・アンサンブルで十代半ばにして、ブレヒトの妻ヘレーネ・ヴァイゲルの薫陶を受け、女優として舞台・映画・テレビの各方面で大輪の花を咲かせていたタールバッハは、一九八七年に、専属契約を結んでいたベルリン・シラー劇場のスタジオで、猥雑なエネルギーに満ちた『マクベス』を引っさげ華々しい演出家デビューを飾った。初演から数年後にレパートリーに挙がっていたこの芝居を、訳者はチケット完売ののち、立見席に押し込んでもらう幸運を得て観た。タールバッハは、(マクベスに性の奥義を授ける!)ヘカテとして登場し、主演のマクベス俳優を完全に食っていたが(まったくの余談だが、変幻自在にヘカテを演じたあとで、メークを落としたタールバッハがなんとトイレに現れ、大きな瞳で微笑みかけてくれたというハプニングが、映画『ブリキの太鼓』のマリア以来の彼女のファンであるミーハーな訳者には忘れがたい)、彼女らが時には強烈な音楽を伴って躍動的に歌い上げるドイツ語のテクストは、ブラッシュの手によるものであった。

そして、この劇作家と演出家の共同作業は、ドイツの演劇史に照らし合わせて見る際、パートナーの阿吽の呼吸が導いた単発の成功例を超えた重みを伴う。すなわち、『マクベス』の翌年に『女たち。戦争。悦楽の劇』がウィーンでジョージ・タボーリの手により初演へと導かれ、そして一九九〇年にはエズラ・パウンドとシェイクスピアを下敷きにした『愛　権力　死　あるいはロミオとジュリエット』が、ブラッシュとタールバッハの共同演出で初演されており、一九九〇年が現代ドイツ語圏を代表する劇作家ハイナー・ミュラーの『ハムレット/マシーン』初演の年だったことを考え合わせると、(東)ドイツの歴史をより大きな文脈で捉えなおそうとする気運の高まっていた再統一前後のベルリンで、東ドイツ出身の作家・演出家によりシェイクスピアが引用された必然性が重層的に考えられるのである。ミュラーは『ハムレットマシーン』で、『ハムレット』の先王の国葬を東欧諸国の消失と重ねて描いたが、はたしてブラッシュにおけるシェイクスピア、なかでも、第二部にシェイクスピアの『トローイロスとクレシダ』のサブストーリーを絡めた『女たち。戦争。悦楽の劇』は、読み手に何を提示するのだろうか。

『女たち。戦争。悦楽の劇』は、一九八四年に刊行された『Toter Mann - Höhe 304（死んだ男——三〇四高地）』（いずれも、第一次世界大戦中激戦地ヴェルダンの、一九一四年の前線近くに位置し、大量殺戮が行われた場所）に加筆をほどこした作品で、全体は三つの部分からなる。

第一部「演技の時間」には、「クララを演じる女優」と「ローザを演じる女優」が登場し、途中で投げ出されるチェスの対局は、ベルリンのクリーニング店で働く「夫ヨハネスを第一次大戦で失った色情狂のローザ」と、「ヨハネスに想いを寄せていたローザの友人の貞淑なクララ」が、前線で戦死したヨハネスを見つけだそうとする平板な〝ストーリー〟へと変わるかに見える。しかしそこで二人の女優が

「自分自身」「ナレーター」「ローザに誘惑される警備兵」「死んでいるヨハネス」らをめまぐるしく演じ始めると、結果としての戦死からのみ想像可能であった戦地の極限状態が、霊媒師の手によるかのような「いま・ここ」として甦る。文体も、戦火の中で生死の境をさまよいヨハネスが錯乱状態に陥るさまを描く、句読点を欠いた最終部分に向かって、徐々に高まりを見せる。二人の女優のサディスティックな「競演」によって炙り出される前線の切迫感は、男性たちが生み出す戦争を俯瞰し語り始めた女性たちの冷徹なまなざしを象徴してもいよう。ちなみにドイツの演劇研究者・劇評家たちは、主要登場人物二人のファーストネームに、ともにドイツ社会民主党左派の理論家であり闘士であった、ローザ・ルクセンブルクとクララ・ツェトキンスというビッグネームを見出して、第一次世界大戦と「ローザ」「クララ」が重なり合う別の可能性を示唆している。

第二部「トロヤ　演劇　死」はがらりと趣を変え、シェイクスピアの『トローイロスとクレシダ』(一六〇一～〇三)が描く、国家の政略に翻弄される一組の男女の姿を、黒幕の武将パンダロスの視点から書き起こす。ただし、ここで登場する「パンダロス」は盲目であり、プロンプターの助けがなければ台詞を満足に話すこともできない人物で、両者のあいだでは見せかけの歴史劇を寸断する軽妙で滑稽なやりとりが交わされる。さらに死刑執行を待つ「黒人1〜5」が登場し、ソング様のフレーズを繰り返し歌い、彼らがトロヤとスターリングラード、はたまた東西分断後のドイツの間でさまよっていることが、そして、トロヤ戦争は第一次世界大戦後も出現する、生（性）と死を弄ぶ、あまたの狂信的ナショナリズムの原型にほかならないことが示される。あろうことかパンダロスは途中で舞台から姿を消し、最終部分ではプロンプターが黒人兵士たちを処刑したのちに観客に直接語りかけ、所与の劇場と物言わぬプロンプター、ひいてはそこで演じられる人物、対象に疑いをもつよう挑発するかに見える。第二部のタイトルの最後にある「死」が何者（物）の「死」を意味するのか、国家、個人の死、それとも劇場＝実生活に実害を与えない出来事の演じられる場所の死か。観客（読み手）は連関を多義的に捉えざるをえないだろう。

第三部「怒りの効用」には、第一部の「クララを演じる女優」と「ローザを演じる女優」が再び登場する。舞台は第二次大戦後のドイツである。現代に生きるクララは、優秀な妹ローザのためにクリーニング店で働き学費を捻出するものの、学業を全うしたくないがために子殺しの狂言を演じて家から出ようとしないローザに愛想を尽かしている。クララの下に居候するローザは、この友人が、戦争娼婦の傷をもつ自分を私生児殺しの罪で通報したと確信しており、来るべき警察の追及をかわそうと、警察、裁判所での心証をよくするために、陳述の予行演習に余念がない。ローザは、祖母が記したとクララの指摘する一九二〇年前後の日記（それは第一部の第一次大戦前後の状況を克明に補足、描写するテクストとなっている）と同一化しているようであり、自分たちが身を置く時空についての共通認識は、両者の間で得られないままで、おもに「『クララを演じる女優』によって演じられるローザ」の錯綜した語りが、それぞれの認識の欺瞞を暴いていく。しかし、「クララ」と「ローザ」の、どちらが「正しい」のかは最後まで明らかにされない。ト書き以外のほぼ全編が、小文字と極端に少ない句点で連なり、「間」や「笑い」で寸断された、ローザの自分自身への叱咤、クララへの罵り、さらには、引用とも、現在を侵食しはじめた過去ともつかない戦時中の出来事が、語り手ローザの時々刻々と変わる精神状態を反映して、悪夢のようなことばのうねりとして立ち現れる。そのようななかで、正気／狂気、過去／現在の境界線は希薄になり、観客（読み手）は、実在する地名や歴史的な事件などの手がかりを与えられながらも、信じる根拠を欠いた「いま・ここ」に置き去りにされる。

タボーリが初演を手がけた際には、第二部が上演全体の最終部として演じられている。また、一九九〇年にハンブルクでウルリヒ・ハイジングがブラッシュとの共同執筆で上演台本を制作した際には、第一部全体と、第三部の「クララを演じる女優」が削除され、パンダロスの前口上ののち、ローザ女優が一人二役で第三部を演じるという、思い切った改定が行われたようだ。原作をこうして〝操作〟することでより鮮明になるもの、それは、欲望の業火に身をゆだねながら戦争を生き抜いた女たちの〝語り〟で、開かれたまま現在へと手渡される、（強いられた死の間際の）兵士の網膜に焼きついた、「いま・ここ」の暴力の普遍性だったのではないだろうか。

『女たち。戦争。悦楽の劇』のパンダロスが放棄した戦いの赤い糸は、女たちの語りを通して私たちの二十一世紀に伸びている。「クララ」と「ローザ」の闘いを、日本の女優（俳優）はどのように自らの生理と折り合いをつけて演じるのだろう。また、ドイツ語圏では、タボーリ、マティアス・ラングホフ、（二〇〇二年シアターコクーンでのベルリーナー・アンサンブル公演、『リチャード二世』の演出が記憶に新しい）クラウス・パイマンら著名な演出家の手で新しい息吹をえた、ブラッシュの紡ぐ二十世紀への呪詛に、日本の演出家はどのような句読法をもって対峙するのだろう。ブラッシュのテクストが歩きだして化学反応を起こし、日本という文脈で新しい「いま・ここ」を生み出す瞬間を心待ちにしつつ、訳者はテクストとの闘いにひとまず休戦を宣言する次第である。

著者

トーマス・ブラッシュ（Thomas Brasch）

1945年、イギリス生まれ。70年代初めから本格的に劇作に携わり、76年に東ドイツから西ドイツへ移住。代表作『ロッター』『メルセデス』を経て、チェーホフ、シェイクスピアの翻訳・改作を精力的に行う。2002年に東京国際芸術祭で上演された『リチャード二世』はブラッシュの翻案による。映画脚本、監督の仕事もある。2001年没。

訳者

四ツ谷亮子（よつや・りょうこ）

一九六六年生まれ。愛知県立大学外国語学部助教授。論文に「想起の詠唱——ハイナー・ミュラーとロバート・ウィルソン」「R・イルグル "Abschied von den Feinden" をめぐって」など。訳書に『闘いなき戦い』（ハイナー・ミュラー著、共訳、未來社、一九九三）、『ポストドラマ演劇』（ハンス＝ティース・レーマン著、共訳、同学社、二〇〇二）がある。

ドイツ現代戯曲選30　第六巻　女たち。戦争。悦楽の劇
二〇〇六年二月一〇日　初版第一刷印刷　二〇〇六年二月二〇日　初版第一刷発行
著者トーマス・ブラッシュ◉訳者四ツ谷亮子◉発行者森下紀夫◉発行所論創社　東京都千代田区神田神保町二－二三　北井ビル　〒一〇一－〇〇五一　電話〇三－三二六四－五二五四　ファックス〇三－三二六四－五二三二◉振替口座〇〇一六〇－一－一五五二六六◉ブック・デザイン宗利淳一◉用紙富士川洋紙店◉印刷・製本中央精版印刷◉◉ ISBN4-8460-0592-5

ドイツ現代戯曲選 30

*1
火の顔/マリウス・フォン・マイエンブルク/新野守広訳/本体 1600 円

*2
ブレーメンの自由/ライナー・ヴェルナー・ファスビンダー/渋谷哲也訳/本体 1200 円

*3
ねずみ狩り/ペーター・トゥリーニ/寺尾 格訳/本体 1200 円

*4
エレクトロニック・シティ/ファルク・リヒター/内藤洋子訳/本体 1200 円

*5
私、フォイアーバッハ/タンクレート・ドルスト/高橋文子訳/本体 1400 円

*6
女たち。戦争。悦楽の劇/トーマス・ブラッシュ /四ツ谷亮子訳/本体 1200 円

7
ノルウェイ.トゥデイ/イーゴル・バウアージーマ/萩原 健訳

8
私たちは眠らない/カトリン・レグラ/植松なつみ訳

9
汝、気にすることなかれ/エルフリーデ・イェリネク/谷川道子訳

私たちが互いを何も知らなかったとき/ペーター・ハントケ/鈴木仁子訳

ニーチェ三部作/アイナー・シュレーフ /平田栄一朗訳

愛するとき死ぬとき/フリッツ・カーター/浅井晶子訳

ジェフ・クーンズ/ライナルト・ゲッツ/初見 基訳

公園 /ボート・シュトラウス/寺尾 格訳

座長ブルスコン/トーマス・ベルンハルト/池田信雄訳

★印は既刊（本体価格は既刊本のみ）

N e u e　B ü h n e 30

餌食としての都市/ルネ・ポレシュ/新野守広訳

文学盲者たち/マティアス・チョッケ/高橋文子訳

衝動/フランツ・クサーファー・クレッツ/三輪玲子訳

バルコニーの情景/ヨーン・フォン・デュッフェル/平田栄一朗訳

指令/ハイナー・ミュラー/谷川道子訳

長靴と靴下/ヘルベルト・アハテルンブッシュ/高橋文子訳

自由の国のイフィゲーニエ/フォルカー・ブラウン/中島裕昭訳

前と後/ローラント・シンメルプフェニヒ/大塚 直訳

終合唱/ボート・シュトラウス/初見 基訳

すばらしきアルトゥール・シュニッツラー氏の劇作による刺激的なる輪舞/
ヴェルナー・シュヴァープ/寺尾 格訳

ゴルトベルク変奏曲/ジョージ・タボーリ/新野守広訳

タトゥー/デーア・ローエル/三輪玲子訳

英雄広場/トーマス・ベルンハルト/池田信雄訳

レストハウス、あるいは女は皆そうしたもの/エルフリーデ・イェリネク/谷川道子訳

ゴミ、都市そして死/ライナー・ヴェルナー・ファスビンダー/渋谷哲也訳

論創社

Marius von Mayenburg Feuergesicht ¶ Rainer Werner Fassbinder Bremer Freiheit ¶ Peter Turrini Rozznjogd/Rattenjagd

¶ Falk Richter Electronic City ¶ Tankred Dorst Ich, Feuerbach ¶ Thomas Brasch Frauen. Krieg. Lustspiel ¶ Igor Bauersi-

ma norway.today ¶ Fritz Kater zeit zu lieben zeit zu sterben ¶ Elfriede Jelinek Macht nichts ¶ Peter Handke Die Stunde,

da wir nichts voneinander wußten ¶ Einar Schleef Nietzsche Trilogie ¶ Kathrin Röggla wir schlafen nicht ¶ Rainald Goetz

Jeff Koons ¶ Botho Strauß Der Park ¶ Thomas Bernhard Der Theatermacher ¶ René Pollesch Stadt als Beute ¶ Matthias

ドイツ現代戯曲選 ⑥
Neue Bühne

Zschokke Die Alphabeten ¶ Franz Xaver Kroetz Der Drang ¶ John von Düffel Balkonszenen ¶ Heiner Müller Der Auftrag

¶ Herbert Achternbusch Der Stiefel und sein Socken ¶ Volker Braun Iphigenie in Freiheit ¶ Roland Schimmelpfennig

Vorher/Nachher ¶ Botho Strauß Schlußchor ¶ Werner Schwab Der reizende Reigen nach dem Reigen des reizenden

Herrn Arthur Schnitzler ¶ George Tabori Die Goldberg-Variationen ¶ Dea Loher Tätowierung ¶ Thomas Bernhard Hel-

denplatz ¶ Elfriede Jelinek Raststätte oder Sie machens alle ¶ Rainer Werner Fassbinder Der Müll, die Stadt und der Tod